EL CHAVO™

EL LIBRO MÁGICO
THE MA...

SCHOLASTIC INC.

Adaptado por
Sonia Sander

La clase del Chavo fue de excursión a la biblioteca de la ciudad.
–¡Este sitio es *grandisisísimo*! –dijo el Chavo.

Chavo's class took a field trip to the city library.
"This place is really, really, really, really big!" said Chavo.

El Chavo y sus amigos corrieron y gritaron por la biblioteca.
–El último en escoger un libro pierde –gritó Quico.

Chavo and his friends ran and shouted through the library.
"The last one to get a book loses," yelled Quico.

El bibliotecario trató de parar a los estudiantes.
—¡Chicos, por favor, no corran! ¡No griten! ¡No hagan ruido! —les rogó.

The librarian tried to stop the students.
"Children, please don't run! Don't scream! Don't make noise!" he begged.

Pero el Chavo y sus amigos no pararon. Ñoño los retó.
–Voy a ser el primero en escoger un libro –dijo.

But Chavo and his friends didn't slow down. Junior challenged them.
"I'm going to choose a book first," he said.

—Allá nos vemos, tortuga —dijo Quico empujando al Chavo.
—Deja que te agarre no más —le advirtió el Chavo. Saltó y persiguió a Quico.

"See you there, slowpoke," said Quico as he pushed Chavo.
"I'm going to get you," warned Chavo. He jumped up and chased after Quico.

-¡Sus estudiantes están haciendo un escándalo increíble! –le dijo el bibliotecario al profesor Jirafales–. Haga algo para calmarlos o tendré que sacarlos a todos.

"Your students are causing a terrible racket!" the librarian told Professor Girafalde. "Do something to calm them down or I will kick you all out of here."

El profesor Jirafales persiguió a los estudiantes.
—¡No corran! —gritó—. ¡Cálmense, todos!

Professor Girafalde ran after his students.
"Don't run! Everyone quiet down!" he shouted.

Mientras tanto, el Chavo se acercó a Quico.
—Estoy que te alcanzo —dijo el Chavo.

Meanwhile, Chavo was catching up to Quico.
"I've almost got you," said Chavo.

Quico agarró un libro de matemáticas muy pesado. Lo alzó y el Chavo se estrelló contra él.

–¡Te alcancé yo! –se rió Quico.

Quico took a heavy math book off the shelf. He held it up and Chavo ran right into it.
"I got you!" Quico laughed.

El Chavo estaba muy enojado. Vio un carrito lleno de libros.

–¡Te voy a agarrar! –gritó el Chavo, y persiguió a Quico montado en el carrito.

Chavo was really angry. He spotted a cart full of books.

"I'm going to get you!" shouted Chavo as he raced the cart toward Quico.

Pero Quico se hizo a un lado. El Chavo y el carrito se estrellaron. ¡Los libros volaron por todas partes!

But Quico stepped to the side. Chavo and the cart crashed. Books flew everywhere!

El Chavo recogió uno de los libros.

—¡Este es un libro *interesantisisísimo*! —dijo.

Chavo picked up one of the books.

"This is a really, really, really, really cool book!" he said.

Sus compañeros se acercaron para ver si estaba bien.
–Si no te hiciste daño fue por arte de magia –dijo Quico.

Chavo's class gathered around him to make sure he was okay.
"It's magic that you didn't get hurt," said Quico.

El profesor Jirafales por fin alcanzó a los estudiantes.
–¿Todos escogieron un libro? –preguntó–. ¡Vamos a emprender una fabulosa aventura de lectura!

Professor Girafalde finally caught up to his students.
"Did everyone choose a book?" he asked. "We have a wonderful journey of reading ahead of us!"

Chavo llegó a la vecindad y se sentó a leer su libro. Cuando lo abrió, vio las páginas en blanco.

–¿Pero dónde están las palabras? –preguntó–. ¡Este libro es aburrido!

Chavo went home and sat down to read his book. When he opened it up, he saw the pages were blank. "But where are the words?" he asked. "This book is boring!"

-¿A quién llamas aburrido? -preguntó el libro.

¡El libro estaba hablando! El Chavo no lo podía creer, el libro era de veras mágico.

"Who are you calling boring?" asked the book.

The book was talking! Chavo couldn't believe it—the book really was magic.

El Chavo lanzó el libro tan lejos como pudo.

-¡*Seguritititito* que eres un libro *embrujecido*! –dijo.

Chavo threw the book as far away as he could.

"I'm really, really, really, really sure you are a haunted book!" he said.

¡Pero el libro volvió!

-Cuando te estrellaste contra el estante, desapareciste a todos mis personajes -dijo el libro mágico.

But the book came back!

"When you crashed into the bookshelf, you made all my characters disappear," said the magic book.

-Tienes que ayudarme a buscar nuevos personajes para mis cuentos -dijo el libro mágico-. Podemos usar a la gente de la vecindad.

"You have to help me get new characters for my stories," said the magic book. "We can use the people in your neighborhood."

El libro mágico vio que el profesor Jirafales y doña Florinda estaban enamorados. Los metió en el cuento de *La bella durmiente*.

The magic book saw how Professor Girafalde and Mrs. Worthmore were in love. It pulled them into the story of *Sleeping Beauty*.

El libro mágico convirtió al profesor Jirafales y a doña Florinda en el príncipe y la princesa durmiente. Pero su final no fue feliz por culpa de Quico.

The magic book transformed Professor Girafalde and Mrs. Worthmore into the prince and sleeping princess. But they didn't get their happy ending because of Quico.

Después, el libro mágico oyó a don Ramón diciendo una mentira. Así que puso a don Ramón en el cuento de *Pinocho*.

Next, the magic book heard Mr. Raymond telling a fib. So it sent Mr. Raymond into the story of *Pinocchio*.

Don Ramón se convirtió en el niño de madera. Tampoco tuvo un final feliz.
Doña Clotilde también terminó en el libro. Perseguía a don Ramón por el taller de
Geppetto para darle un beso.

Mr. Raymond became the wooden boy. He didn't get a happy ending, either.
Miss Pinster got pulled into the book, too. She chased him all over Geppetto's workshop for a kiss.

Los amigos del Chavo estaban leyendo cuando el libro mágico los puso en *Los tres cerditos*.

Chavo's friends were reading when the magic book pulled them into *The Three Little Pigs*.

Quico era el Lobo Feroz. Pero Quico no tenía fuerza para soplar nada. Todos los niños se reían de él.

Quico was the Big Bad Wolf. But Quico wasn't strong enough to blow anything down. The kids all laughed at him.

Por último, el libro mágico puso al Chavo y al Sr. Barriga en *Jack y los frijoles mágicos.*

Finally, the magic book put Chavo and Mr. Beliarge into *Jack and the Beanstalk.*

–Estoy cansado de que me tumbes –dijo el Sr. Barriga, convertido en gigante–. ¡Esta vez, *yo* voy a cortar el tallo!

–No me gusta estar en este cuento –dijo el Chavo mientras caía en picado.

"I'm tired of always being knocked down," said Mr. Beliarge, as the giant. "This time, *I'm* going to chop the beanstalk down!"

"I don't like being in this story," said Chavo as he fell to the ground.

El Chavo se despertó en el suelo de la biblioteca y vio que sus amigos estaban ordenando. Se tocó la cabeza y sintió un chichón.

–¿Tanto te aburrió el libro que te dormiste? –le preguntó el profesor Jirafales.

Chavo woke up on the library floor and saw his friends cleaning. He felt a bump on his head.
"Did your book bore you to sleep?" asked Professor Girafalde.

-¡Para nada! -dijo el Chavo-. ¡Este libro de verdad me hechizó!

"No way! This book really pulled me in!" said Chavo.